GARIN LE LORRAIN.

GARIN LE LORRAIN

LU A L'ACADÉMIE DE STANISLAS

Par M. ÉMILE CHASLES

LE JOUR DE SA RÉCEPTION

MESSIEURS,

La place que vous m'accordez parmi vous est un honneur qui oblige. Dans un pays mêlé comme le vôtre au mouvement littéraire et historique du dix-neuvième siècle, l'étude est un titre, je le sais, parce qu'elle est un engagement. En entrant dans cette Compagnie, centre et lien commun des échanges intellectuels, où l'on veut non-seulement consacrer les travaux accomplis, mais en susciter de nouveaux, je vois que les hommes mêmes à qui l'autorité de l'âge et du talent reconnu permettent de s'épargner, marchent toujours à l'avant-garde comme de simples soldats, ou plus loin encore, comme d'infatigables éclaireurs. C'est un exemple pour les nouveaux venus, qui les avertit de payer de leur personne. Pour ma part, je l'accepte avec gratitude, et ne me dissimulant pas que vous m'associez aujourd'hui à votre travail commun, dès aujourd'hui je voudrais satisfaire à cette obligation et mériter mon droit de cité.

Un sujet s'offre précisément, qui nous appartient ici d'une manière spéciale et auquel m'ont amené à propos mes fonctions à la Faculté des lettres de Nancy. En voyageant par l'esprit dans l'Europe du moyen âge, en comparant les œuvres primitives des races du nord et du midi, on rencontre une composition intitulée : *Garin le Lorrain;* composition vaste et étrange, mêlée de rudesse et de générosité, barbare encore et déjà éclairée par la lumière de la civilisation, naïve et animée pourtant d'un souffle politique, pleine d'anachronismes et de notions confuses, mais sur d'autres points au contraire précise, détaillée, témoignant d'une pensée suivie qu'elle prête à ses héros, trahissant en définitive sous les récits d'un poëte la conscience d'un pays et d'un temps.

Il y a trente ans que M. Paulin Paris et après lui M. Edelestandt Duméril, deux critiques éprouvés, ont entrepris la résurrection de *Garin le Lorrain*, et c'est aujourd'hui seulement que cette œuvre, mise à la portée de tous, va apporter à la littérature et à la philologie ce qu'elle doit leur donner. Pourquoi a-t-elle jusqu'à nous gardé son secret? Messieurs, la *Chanson de Garin* contient cinquante-six mille vers; on en connait plus de vingt manuscrits ; ces manuscrits sont en

quatre dialectes : picard, normand, français et lorrain.
Si l'on sait le nom du principal auteur de l'œuvre, qui
s'appelait *Jean de Flagy*, on reconnaît dans la suite du
récit plusieurs mains, plusieurs poëtes et plusieurs
degrés d'art. Le sujet, qui embrasse jusqu'à cinq généra-
tions, touche d'un côté à la rude époque de l'inva-
sion, de l'autre au temps où la civilisation féodale s'épa-
nouit en fêtes chevaleresques. Dans le lointain on voit
passer, comme dans un tourbillon, Jules César, les
Vandales et les Sarrasins ; sur le premier plan apparaît
un roi carlovingien. Là bas des figures bizarres, des
silhouettes légères, ici des personnages bien dessinés
et déjà historiques. Ces contrastes ont retardé l'inter-
prétation d'un antique poëme défendu en quelque sorte
par son étendue et ses ramifications, c'est-à-dire par sa
variété même et sa richesse.

Aujourd'hui l'heure est propice à l'étude définitive de
ces vieux monuments. De toutes parts le moyen âge
s'éclaire. L'Histoire interrogeant les archives, approfon-
dissant les problèmes, simplifiant les questions, explique
un état social qui fut calomnié par ceux qui l'ignoraient.
L'histoire retrouve la vie politique du passé. D'une
autre part, la Littérature comparée observe à travers les
œuvres écrites le génie des races, elle prête l'oreille à
l'écho lointain des chants oubliés, elle évoque les lé-
gendes et les souvenirs conservés par l'imagination
populaire, et, dans ces témoignages elle surprend la
vie morale des peuples.

Messieurs, c'est au nom de la littérature comparée que j'ai relu le poëme. Vos travaux sur l'Austrasie (1), vos doctes recherches sur les annales de ce pays, les considérations que vous avez entendues sur la Philosophie de l'histoire de Lorraine (2), m'autorisent à restreindre et à limiter cette étude. J'essaierai simplement d'apprécier *La Chanson de Garin,* d'en dégager l'unité, l'inspiration originale, et d'en marquer la place relative parmi les œuvres de notre vieille France ; — ou plutôt j'espère qu'une fois connu, *Garin* prendra de lui-même son rang légitime. Entrons directement dans le monde et le temps que raconte Jean de Flagy.

C'est le monde féodal et l'état de guerre. Ici on se bat toujours ou peu s'en faut. Les trèves ne sont que des intermèdes. Si d'aventure on a signé quelque traité de paix, voici comment il s'exécute : une nuit, tandis que le repos s'étend avec l'ombre sur la campagne et sur la ville, on s'éveille dans le château-fort. Le baron lui-même va secouer ses hommes d'armes. « Assez dormi! dit-il, debout! Nous allons émouvoir le voisin et faire un cri en Lorraine. » On se lève aussitôt, on lace les chausses de fer, on ceint l'épée, on revêt le haubert, on fixe le heaume sur la tête, on selle le palefroi, dont on cuirasse le cou, le poitrail et la croupe. C'est à qui sera le premier hors de la barrière.

(1) *Histoire de l'Austrasie,* par M. Digot.
(2) *Philosophie de l'Histoire de Lorraine,* par M. le baron de Dumast.

Les hauts chevaliers saisissent l'épieu et serrent l'écu devant leur poitrine ; les bacheliers, les damoiseaux, les sergents suivent, portant les lances de réserve. Celui-ci brûle de faire ses premières armes, celui-là d'être du guet ; des milliers de « fervestus » se pressent derrière les chefs qui marquent le rang de chaque bataille. On se précipite en avant et bientôt l'aube éclaire un spectacle étrange. Dans les champs, tout à l'heure paisibles, se répandent les cavaliers ; les monts et les vallées se couvrent de grandes échelles de guerriers, la plaine n'est plus qu'une forêt de heaumes étincelants, au-dessus desquels flottent les bannières frémissantes. Les cors, les olifans éclatent et bondissent. La guerre s'est levée avec le soleil.

L'attaque commence, c'est-à-dire le pillage. Des valets d'armée ont tout préparé pour qu'il soit plantureux. Les fourgons avancent pour recueillir les proies ; on a troussé les bêtes de somme et les roncins. D'abord on saisit les troupeaux qui sortent sans méfiance ; puis les boute-feux se jettent sur les fermes et sur les villages, sur les moutiers et sur les villes, promenant l'incendie avec eux. Les fourrageurs suivent, qui, à travers la flamme et la fumée, font main basse sur toutes choses. Aussitôt la cloche d'appel retentit ; les pastoureaux chassent leurs bêtes vers les bois, les bourgeois ferment leurs portes, barricadent les issues, garnissent les murs et amassent des pierres. Vaine résistance! Le feu qui les assiége fait écrouler sur eux les maisons et les tours. L'épouvante se répand de toutes parts.

Mais une troupe nouvelle, bien armée, paraît à l'horizon. Cette fois la partie devient égale, seigneurs contre seigneurs, vassaux contre vassaux. Deux grands partis se heurtent. Alors la mêlée est superbe, et le bruit ! Au milieu du froissement des armes, du glapissement des timbres, du hennissement des chevaux, on n'entendrait pas Dieu tonner ! Quels beaux coups ! quand un baron frappe, on dirait un charpentier dans une forêt. « Que de lances brisées, s'écrie le poëte, d'écus percés, de chevaux tués, de vassaux abattus, navrés, étouffés, meurtris !... » Voilà comment le pays est durement travaillé !

Maintenant le fer et le feu ont achevé leur œuvre. Il y a des ruines en tous endroits. Tel n'a plus assez de terre pour y coucher ; tel mange son cheval, car la famine est venue. Les vainqueurs, au contraire, regorgent de biens ; mais dans cette abondance, les vainqueurs n'ont pas faim. Quand les sergents appellent les hommes au repas, on vient lentement, on s'assied en silence sur la terre, « le maître plancher, » et personne ne porte rien à ses lèvres ; car chacun a un ami à pleurer, ou un parent. Non loin on aperçoit les bières qui défilent, portant les cadavres, puis les civières, chargées de blessés. Les moines bénis, vêtus des adoubements du Seigneur Dieu, marchent avec les cierges, croix et encensoirs. Le chant des trépassés résonne dans le moutier ; un vieillard s'y glisse et se cache derrière un pilier pour accompagner son enfant, dont le cercueil est là. Il pleure en silence ; car on ne doit pas se plaindre tout haut. Le haut baron passe et dit de sa forte voix : « L'homme franc ne gagne rien à mettre deuil sur deuil, ni joie sur joie. Advienne ce qui doit advenir. Les morts à la mort, les vivants à la vie ! »

Le poëte est de l'avis du baron. Il croit qu'il n'y a pas de poésie sans héroïsme, ni d'héroïsme sans coups d'épée. « C'est ici, dit-il, que commence le grand orage qui devait tomber sur tant de vaillants hommes, embraser tant de villes, déshériter tant d'orphelins..... Ecoutez ! écoutez ! jamais meilleure ni plus haute chanson ne sera contée. »

Cet esprit de guerre, que respire le poëme lorrain, cette ardeur de combat, sincère, contagieuse, sans fin ni trève, qui le gagne, qu'il décrit avec joie, vous la retrouverez dans l'Iliade, dans toutes les épopées, dont le fond commun est l'état de guerre. C'est le caractère général des grandes *Chansons de Geste*, c'est-à-dire des œuvres faites d'action et de réalité. En ce sens, *Garin le Lorrain* est une épopée primitive.

La vieille chanson offre en même temps un autre aspect, elle a son caractère particulier. Nous allons voir le trait de race s'y accuser aussi vigoureusement.

Séparons d'abord deux éléments qui se confondent ici.

Il y a dans *Garin le Lorrain* des idées obscures et des idées nettes. Tout ce qui se rapporte aux invasions et au passé est confus ; on brouille les noms des Vandres et des Persans, des Hongres et des Lutis, de Jules César et des Sarrasins. Ces envahisseurs arrivent on ne sait d'où, troublent la France, troublent la chronologie et sont exterminés comme païens, serviteurs d'Apollon et de Mahomet. Evidemment ils ne figurent dans l'épopée que pour rappeler un titre de gloire des « Loherains » qui, dit-on, les chassèrent.

Au contraire, tout ce qui se rapporte à la féodalité, au rôle et au caractère des Lorrains, est traité avec un soin extrême. Rien de plus précis que l'indication de leurs fiefs et honneurs, de leurs vassaux et de leurs parentés. Rien de plus exact que leur itinéraire quand ils sont en campagne. Rien enfin de plus caractéristique que leur alliance avec les rois, fait essentiel que l'on ne retrouve pas dans les œuvres primitives des autres races.

C'est ici que la comparaison des poëmes jette un grand jour sur l'épopée lorraine. Evoquez un moment les poëtes des autres pays, de la Provence et des Pyrénées, de la Bretagne et de la Normandie.

Voici le barde breton, représentant de la race des Celtes, qu'on a refoulée. Il célèbre le roi Arthur comme le champion de l'indépendance perdue ; il répudie les chefs nouveaux ; il répète d'un ton mystérieux, que le roi Arthur reviendra.

Le troubadour admire les grands du midi qui lèvent l'étendard contre le roi du Nord, Charles Martel. « Roi ! s'écrie un héros provençal, on mènera contre vous mille chevaliers dont le moindre vous fera perdre la tête de souci, et par Dieu, j'espère bien accroître mes domaines et mes châteaux d'une part des vôtres. » Le troubadour, ami des barons contre le roi, fait de la rébellion des vassaux le sujet du poëme qu'il intitule : *Gérard de Roussillon*, c'est le nom du révolté par excellence.

Le pâtre basque a des prétentions également hautes, mais plus sauvages et tout aussi narquoises. Il se vante d'avoir écrasé dans un défilé une arrière-garde carlovingienne et il chantera pendant des siècles ce qu'il appelle la déroute de Charlemagne à Roncevaux.

Le jongleur normand, homme d'esprit, de race conquérante et positive, s'empare des chants de tous les peuples et les transforme pour son plaisir. Au fond, il n'a de passions que celle de connaître et de gagner des terres.

L'épopée lorraine est animée d'un autre esprit. Elle raille en passant les Bretons qui attendent éternellement le retour du roi Arthur et elle nous intéresse tout d'abord au roi.

Charles Martel mérite une grande pitié, dit-elle, car il n'a pas eu un jour sans peine et il a bien souffert

pour chasser les Sarrasins qui infestaient son royaume.
Le bon duc de Metz, Hervis, le secourut; ensemble ils
déconfirent les païens, et quand le roi, blessé dans cette
campagne, mourut de ses blessures, ce fut le duc de
Metz qui vint en aide à la dynastie nouvelle. Le vieux
duc appela le gentil damoiseau Pepin, lui posa sur le
chef la grande couronne et étouffa les murmures des
grands vassaux qui protestaient. Il monta sur une table
et tenant une épée nue : « Qui réclame ici, dit-il, contre le fils de Charles? Par le Dieu crucifié! s'il en est
un qui ose le toucher, lui ou la reine, sa gentille mère,
il sentira le tranchant de cette lame et ses honneurs ne
passeront pas à ses héritiers. » Tous se turent et personne n'osa résister.

Les héros lorrains consacrent l'hérédité de la couronne. « Sans le roi, disent-ils, Gaule est perdue! »
Ainsi, au douzième siècle, tandis que les poëtes bretons
chantent encore le passé, tandis que les poëtes proven-
çaux, satisfaits du régime féodal, célèbrent le pré-
sent, les trouvères du nord-est songent à la royauté
qui tient dans ses mains l'avenir. Sans doute, Messieurs,
je ne m'étonne pas que les fils des Austrasiens soient
partisans d'une dynastie austrasienne, mais il faut s'é-
tonner que jusqu'ici on ait contesté ou méconnu ce
caractère de l'épopée lorraine. Ce qui paraît égarer
ou inquiéter la critique, c'est que l'alliance des ducs de
Metz avec les hommes du duché de France paraît d'a-

bord peu solide et assez troublée. En effet, au début
du poëme, Pepin est un enfant, Pepinet ne sait pas
discerner ses vrais amis, tourne à tous les vents et
abandonne de temps en temps ses plus fidèles alliés.
Mais l'enfant grandira ; vous le verrez peu à peu
s'affermir, se décider, agir en maître, et les trouvères lorrains, qui ont dit sa faiblesse, salueront sa
puissance, car, s'ils ont plaisanté le roi, ils ne rient
jamais de la royauté.

Un autre signe, très-important, de la pensée de
l'auteur est l'opposition des races. Les ennemis des
Lorrains sont, au fond, les ennemis de la couronne. Les
barons du midi sont les représentants de l'esprit féodal.
Je ne puis croire, avec un érudit, qu'il s'agisse ici
d'une rivalité entre la Flandre française et la Flandre
allemande. Dans une scène très-claire, le chef du parti
anti-lorrain déclare son origine et ses prétentions.
« Oui! s'écrie Fromont, en défiant les Lorrains, Garin
et Begon, oui, je suis né des Bordelais et j'ai dans ce
pays mes meilleurs parents ; mais vous travaillez à
nous en déshériter. » Le roi Pepin a donné à Begon le
duché de Gascogne. « Begon a reçu l'honneur de Gascogne, qui devait nous revenir..... Par la foi que je
dois à ma riche parenté! six mois ne se passeront pas
que je serai devant Metz, et tout l'or de Bénévent ne
vous fera pas sortir des murailles. »

A quoi Garin, le nouveau duc de Metz, répond en ces

termes : « Ah! traître, issu de néant! votre aïeul n'en avait pas tant dit quand mon père Hervis à qui tenait la Lorraine, lui donna de son poing parmi les dents..... Vous ne dégénérez pas de votre race qui est une race de traîtres. Si je vous prends, tout l'or du monde, j'en jure Dieu, ne m'empêchera pas de vous trancher la tête comme on doit faire à qui trahit son droit de seigneur. »

La scène se termine par une mêlée épouvantable des deux partis, en présence du roi et dans sa cour. Le vieil Hardré, le père de Fromont, celui qui jadis s'était opposé au couronnement de Pepin, périt dans la querelle. Ainsi commence une lutte implacable fondée sur l'opposition des races et des intérêts, et résumée dans l'opposition des familles.

La famille des Bordelais est puissante, elle occupe Bordeaux, le Poitou, l'Artois, elle réclame incessamment de nouveaux honneurs et de grandes charges de cour; l'ambition est héréditaire chez elle. Après Hardré, viendra Fromont, après Fromont le beau Fromondin. Les hommes changent, non leur esprit.

En regard de cette dynastie féodale, se place la famille du vieux duc de Metz, Hervis et de ses fils, Garin et Begon. Elle tient les monts d'Aussais (l'Alsace), les mines célèbres de Saint-Dié, qui produisent le pur argent; elle s'étend par mariage et alliance dans la Bourgogne, l'Orléanais, le Cambrésis; elle a des amis ou des parents dans les pays allemands de Genève, de Liége et du Haynaut.

Les fiefs des deux grands lignages s'enchevêtrent. Les Bordelais sont établis dans l'Artois, le Lorrain Begon s'installe en Gascogne. Les haines de races se compliquent de haines de voisins. Le poëte qui tire un admirable parti de cette apparente confusion, avive le débat et l'élève en y ajoutant un contraste nouveau et purement moral : l'opposition des caractères.

Aux Bordelais, l'avidité, l'ambition, l'esprit d'intrigue, l'éclat frivole des fêtes, du costume et du luxe, la haine sourde contre la royauté, le mauvais côté du caractère féodal. Ils ne parlent qu'au nom de l'intérêt et de l'orgueil.

Aux Lorrains, la loyauté, le désintéressement, le respect de la hiérarchie et des conventions, l'amour du peuple et le dévouement volontaire à la royauté. Ils parlent au nom du droit et de l'honneur.

On pourrait ici rappeler le mot de la fable : *Si les lions savaient peindre!* Assurément les poëtes de langue d'oïl chargent un peu le portrait des barons de langue d'oc; mais il est remarquable que la partialité des auteurs fonde la grandeur des héros sur leur supériorité morale. Aussi ont-ils apporté beaucoup d'attention à la peinture des caractères.

Le Bordelais Fromont est un suzerain magnifique,

qui possède au plus haut degré le don du commande-
ment et le sens politique de ses intérêts. Il a l'intelligence et l'autorité, la noblesse des manières et la di-
gnité extérieure. Il est même tenté de devenir loyal en
s'apercevant que l'honneur donne du crédit ; mais il n'a
que la tentation du bien et il meurt dans l'impénitence
finale.

Près de lui se trouve un étrange personnage qu'on
pourrait appeler son mauvais génie, car il l'écoute en
le méprisant. Bernart de Naisil s'est bâti entre les Lorrains et les Royaux, à Naisil, non loin de Lagny, un
château imprenable. De là, il fond tour à tour sur les
hommes de Pepin ou sur les paysans de Lorraine. C'est
un renard dans sa tanière. Quand il en sort, le sang
coule. Rusé, hardi, indomptable, il fait métier de bra-
ver tout le monde. On croit toujours le tenir et on ne
le tient jamais. Tous les moyens lui sont bons pour
attaquer et pour se sauver ; la calomnie, le faux témoi-
gnage ne lui coûtent rien. En pleine trève, il décoche
tranquillement un trait à un parlementaire. On brûle
Bordeaux, il s'accoude à une fenêtre du château et
contemple gaiement l'incendie. On le traque, on le saisit,
on l'emprisonne ; il glisse des mains et reparaît quelque part, tout à coup, en assassin. C'est un habile
homme et au demeurant un grand politique.

A ces deux caractères, le poëme oppose ceux des
deux frères lorrains, Garin et Begon.

Garin est brave. Malheur à qui se trouve sous le

coup de son branc d'acier ou de sa hache poite-
vine. Devant lui les rangs s'écartent et les moins
couards tremblent de peur. Mais ce n'est pas là
ce qui le distingue de ses rudes compagnons. Il appa-
rait au milieu d'eux avec un prestige particulier. Il est
le plus beau et le plus calme entré tous. Il a la ma-
jesté de la douceur. S'il lui arrive de laisser éclater sa
colère, c'est une exception. D'un ton ordinairement
doux et modéré, il représente l'intelligence, le pouvoir
et la loyauté. Toute félonie lui répugne... « De par le
Dieu vivant, dit-il, ceci est une action vilaine! » Et cette
parole résonne dans les esprits. Les jeunes gens le
suivent, les hommes lui obéissent; Blanchefleur, la
reine, voudrait être sa femme, « car, dit-elle, on ne
trouverait pas dans le monde d'homme mieux fait et
de plus courtoise apparence. » Ses ennemis même
saluent en lui un seigneur qui n'est outrageux à personne, en même temps qu'ils redoutent sa justesse
d'esprit. Enfin (et c'est un talent que les auteurs si-
gnalent avec admiration, car seul il le possède),
Garin sait lire et écrire. On l'a mis aux écoles dans
l'enfance, il entend fort bien latin et roman. Quand on
lui remet un message, il n'a pas besoin d'un chapelain
pour rompre la cire, étendre le parchemin et lire ce
qu'on lui écrit.

Begon est une autre nature, un batailleur, « un
démon enragé, » dit Pepin. Sa grande joie est de se
lever matin, de s'armer et de se mettre en campagne.

Il éveille rapidement son monde : « Adieu, femme,
dit-il, pensez à mon fils. Vous, bourgeois, gardez votre
ville ; sergents, ne vous éloignez pas des murs! » Il dit
et s'en va. Tout à l'heure il sera dans la mêlée et alors
on dirait « une loutre affamée, chassant dans une ri-
vière, çà et là, les poissons de toute grandeur, qui ne
savent, pour sauver leur vie, dans quel trou se réfu
gier. » Tout le monde en France redoute les grandes
chevauchées de Begon, marquées au loin par de grandes flammes. Au fond, c'est un cœur franc et bon qui
ne peut pas même comprendre la félonie. Une nuit
dans les Landes, on lui dresse une embuscade. — Sire
Begon, lui dit-on, vos vassaux veulent vous surpren-
dre. C'est impossible, dit-il, puisque ce sont mes hommes ; ils se feraient plutôt écorcher. » Pourtant ses
vassaux l'attaquent. Alors « il ne demande pas qui est
celui-ci, qui est celui-là. » Il fond sur ces parjures,
sur ces foi-mentis, persuadé qu'en ce monde les
félons perdent toujours la partie.

Le même homme, si rude à la guerre, a l'âme la
plus tendre. Il aime son frère et la Lorraine si profon-
dément, que loin d'eux, dans son duché de Gascogne,
il ne vit plus. Ici il faut laisser parler le trouvère lui-
même (1).

(1) Voir l'excellente édition de Garin *Le Loherain*, de M. Paulin-
Paris. Paris, Hetzel. 1863. — P. 233.

« Un jour, dit le poëme, Begon était dans le château
de Belin, avec belle Beatris (sa femme)..... La dame
lui souriait doucement. Dans la salle devant eux jouaient
leurs deux enfants... Six nobles damoiseaux parta-
geaient leurs ébats, courant, sautant, riant et jouant à
qui mieux mieux.

» Le duc les regardait, il se prit à soupirer; belle
Béatris s'en aperçut : « Qu'avez-vous à penser, sire
Begon? » dit-elle, « vous si haut, si noble, si hardi
chevalier. N'êtes-vous pas un riche homme dans le
monde? L'or et l'argent remplissent vos écrins, le vair
et le gris vos garde-robes : vous avez autours et
faucons sur perches ; dans vos étables, force roncins,
palefrois, mules et chevaux de prix. Vous avez foulé
tous vos ennemis; à six journées autour de Belin il
n'est pas un chevalier qui manquerait de venir à vos
plaids. De quoi pouvez-vous prendre souci? »

Le duc répondit : « Dame, vous dites vrai; mais
vous avez mépris d'une chose; la richesse n'est pas
dans le vair et le gris, dans les deniers amassés, dans
les chevaux de prix ou les grands palefrois. Elle est
dans les amis, dans les parents : le cœur d'un seul
homme vaut l'or de tout un pays. »

Begon rappelle avec amertume que les gens de son
duché ne sont pas les gens de sa patrie. Puis il s'écrie :
« Je n'ai qu'un frère, le Lorrain Garin, et il y a bien
» sept ans et demi que je ne l'ai vu. Voilà, dame,

» pourquoi j'ai le cœur dolent. Mais je veux aller vers
» mon cher frère, je le verrai et la courtoise Aélis,
» votre sœur, et leur enfant Girbert, que je ne connais
» pas.

» On m'a dit des nouvelles du bois de Pevèle... Il y
» a dans cette terre un sanglier, le plus fort dont on
» ait jamais ouï parler ; je le chasserai, et, s'il plaît à
» Dieu et que je vive, j'en porterai la tête au duc
» Garin, pour lui donner occasion d'être émerveillé. »

» Ah ! sire, répondit la dame... Là sont les marches
de Fromont le puissant, qui doit vous haïr à mort ;
car vous êtes couvert du sang de ses frères, de ses
fils et de ses parents les plus proches. Laissez la
pensée de cette chasse ; le cœur, qui ne trompe jamais, me dit que si vous y allez, vous ne reviendrez
pas. »

Il part malgré les pressentiments de sa femme, et il
ne revient pas. Entraîné par la chasse sur les terres de
Fromont, il y est surpris par des traîtres qui le tuent de
loin. Sa mort, dans l'isolement, a quelque chose de fier
et de sinistre. Son frère Garin tombera de même sous
les coups des Bordelais, surpris également par une
embuscade, à peu de distance de Metz. Les deux héros
Lorrains ne sont pas de ces héros de roman que le
baume de Fier à Bras préserve de tout malheur. Dans
cette lutte ils succombent à leur tour et l'on pourrait
dire qu'ils sont vaincus, s'il n'était question ici que
d'une querelle féodale.

Mais il s'agit de toute autre chose. Le fond du drame qui va s'achever n'est pas la vendetta déclarée entre les deux familles, mais bien l'opposition morale et politique des deux races. Celle-là aura la victoire, qui verra triompher ses idées, ses sentiments et ses intérêts.

Or à mesure que le poëme se développe, l'idée lorraine, d'abord enfermée dans le duché de Metz, gagne du terrain. Elle touche Pepin qui, soutenu et guidé par de loyaux serviteurs, se décide à armer ses amis ; elle électrise le peuple qui, à Orléans, se précipite sur le traître Bernard de Naisil et le force à s'enfuir, la nuit, à travers les plaines de la Beauce, meurtri et hagard, bafoué et haletant ; enfin elle réunit toute la France du Nord contre la famille de Fromont qu'on assiège dans Bordeaux ; l'enseigne de saint Denis portée par les Lorrains est le symbole de leur pensée. Fromont, en face de tels adversaires maudit la déloyauté des siens, s'humilie devant le pouvoir royal et se rend à merci. Les deux frères alors conseillent au roi la clémence, en même temps qu'ils enseignent au peuple le respect du roi.

Ce résultat si grand, exprimé dans le poëme sans aucune affectation, s'y traduit même par des scènes pleines de grâce comique, comme celle de la *Chevalerie de Rigaut.*

Ce Rigaut, cousin des ducs de Metz, par les femmes,

est un vilain. Il les suit à la guerre sans rien réclamer d'eux. Il est brave, mais il n'est pas beau. Depuis six mois, il a oublié de faire sa toilette. C'est un mal chaussé, comme les compagnons du Cid ; son talon nu paraît quand il marche. Sa jaquette est trop courte, il est gros des bras, des reins et des épaules, ses yeux sont séparés l'un de l'autre de la longueur de la main, ses cheveux sont hérissés : dans soixante pays on ne trouverait pas de visage moins avenant.

Un jour le duc Begon lui dit : « Cousin, tu sais qu'on arme Fromondin chevalier. »

Ce Fromondin, fils de Fromont, est comme ceux de sa race, un élégant gentilhomme. Jeune et beau, il veut, le jour où il chaussera les éperons, se signaler dans la lice. Il envoie demander le tournoi au roi Pepin, et défier les Lorrains. Le roi répond qu'il n'est pas temps de tournoyer. Mais Begon a l'idée singulière d'opposer au noble Fromondin, le vilain Rigaut.

— « Cousin, lui dit-il, on arme Fromondin chevalier, tu ne l'es pas et tu es son aîné. Demain je veux t'armer, et dès aujourd'hui le cheval que je te donne, c'est celui du Bordelais. Tu l'iras prendre. »

On envoie annoncer le tournoi chez Fromont. Le lendemain Rigaut dit sans façon au duc :

« Çà, armez moi chevalier ! — Tu le seras, mais d'abord va un peu te baigner — Au diable ! répond Rigaut suis-je tombé dans une mare, pour aller me baigner. — C'est l'usage ! mais, soit ! je vais te vêtir. »

Il met à Rigaut le manteau et la longue pelisse d'hermine qui traîne majestueusement derrière lui. Rigaut s'embarrasse les jambes dans les plis — « C'est l'usage ! lui dit-on — Le sot usage ! réplique-t-il, pour un homme qui doit lutter. » Et prenant un couteau, il coupe un pied et demi de la pelisse.

Ce fut bien autre chose quand on en vint à lui donner l'accolade et à le frapper de l'épée, selon l'usage. Il faillit se jeter sur son parrain et l'éventrer. « C'est une laide coutume, dit-il, la male mort à qui l'établit ! »

Tout le monde riait ; mais Begon répétait : — « Laissez-le faire, il sera prud'homme. »

En effet, dès qu'on est dans le champ, Rigaut se précipite sur son brillant adversaire avec tant de furie que ses armes se brisent dans ses mains. Mais celles de Fromondin se rompent aussi. Rigaut, s'inquiétant peu des coutumes chevaleresques, se jette alors tout simplement sur le cheval de son ennemi, saisit les rênes, et tête baissée, sous une grêle de coups, emmène la bête et l'homme. Fromondin est son prisonnier.

Mais Rigaut n'est pas au bout de ses ennuis. Le roi réclame Fromondin. — « A toi le harnais, dit-il, à moi le prisonnier ! » — A ces mots, le chevalier-vilain devient pourpre de colère, refuse nettement et tourne le dos au roi.

Begon va trouver Rigaut. — « Beau cousin, on ne

doit pas contester avec son seigneur. » Il le conduit à Pepin, il le fait agenouiller devant le roi, — « Sire, dit Rigaut, je vous abandonne les prisonniers. — Et moi, répond Pepin, et moi, ami Rigaut, je te les rends ! »

Cette scène, d'une gaieté franche, est caractéristique. Au pied du roi qui est devenu peu à peu le maitre de la France, le duc lorrain amène un vilain qui deviendra bon chevalier et sujet fidèle ; et voici que la féodalité vaincue, dans la personne de Fromont, fera acte de soumission sous la même tente royale.

L'esprit de Garin et de Begon triomphe. Ils meurent, il est vrai, mais avant leur mort, l'idée lorraine est devenue l'idée française.

Messieurs, c'est la tradition que récèle ce vieux poëme de Jehan de Flagy, tradition vivante au douzième siècle, et qui sans doute pénétra dans les dernières couches du peuple d'où sortit Jeanne d'Arc ; tradition pleine de générosité naïve et de patriotisme intelligent, qui m'a paru digne d'être dégagée et signalée.

Voilà pourquoi, je crois pouvoir dire que la Chanson de Garin est une œuvre éminemment nationale, qui doit prendre un noble rang parmi les Epopées de l'Europe et parmi celles de notre pays.

(*Extrait des Mémoires de l'Académie de Stanislas, 1862*).

NANCY, imprimerie de Vᵉ RAYBOIS, rue du faub. Stanislas, 5.